親子共讀故事

三隻小蝴蝶

嚴吳嬋霞 編著
馬俐 繪圖

新雅文化事業有限公司
www.sunya.com.hk

親子共讀故事

三隻小蝴蝶

編　　著：嚴吳嬋霞
繪　　圖：焦俐
責任編輯：甄艷慈、周詩韵
美術設計：何宙樺
出　　版：新雅文化事業有限公司
　　　　　香港英皇道 499 號北角工業大廈 18 樓
　　　　　電話：（852）2138 7998
　　　　　傳真：（852）2597 4003
　　　　　網址：http://www.sunya.com.hk
　　　　　電郵：marketing@sunya.com.hk
發　　行：香港聯合書刊物流有限公司
　　　　　香港新界大埔汀麗路 36 號中華商務印刷大廈 3 字樓
　　　　　電話：（852）2150 2100
　　　　　傳真：（852）2407 3062
　　　　　電郵：info@suplogistics.com.hk
印　　刷：中華商務彩色印刷有限公司
　　　　　香港新界大埔汀麗路 36 號
版　　次：二〇一五年七月二版
　　　　　10 9 8 7 6 5 4 3 2 1

ISBN: 978-962-08-6352-3

早期閱讀的重要

1. 孩子越早閱讀，求知慾就越旺盛，他們會渴望讀得更好。

2. 閱讀能有效地提高孩子的語文能力，尤其對閱讀理解和寫作能力有莫大裨益。

3. 閱讀令孩子可以涉獵多方面的知識，讓孩子跳出學校課程的限制，有助孩子發展多元智能，擴闊視野。

4. 書中世界廣闊無邊，充滿想像，多閱讀可刺激思考，激發想像，誘發創意。

5. 孩子能從書中學習別人的處事方式，從別人的成敗得失中吸取經驗，讓孩子更懂得應付生活中遇到的各種問題。

6. 閱讀是最重要的學習技能，使孩子自信、獨立，是終身學習的鑰匙。

7. 閱讀使孩子善於表達及善於與人溝通，不論是口語或書寫。

8. 在資訊科技發展一日千里的今天，孩子更需盡早掌握文字技巧，才能在網上遨翔，駕馭資訊。

家長學堂

叢書特色及使用方法

1. 供大人給幼兒講故事及朗讀用。
2. 文字較多，篇幅較長，故事內容較豐富。
3. 當孩子認識的文字逐漸增多，掌握了右頁的文字後，便可讓孩子自己閱讀左頁的文字。

這時，躲在黑雲後面的太陽
zhè shí   duǒ zài hēi yún hòu miàn de tài yáng
聽到三隻小蝴蝶說的話，十
tīng dào sān zhī xiǎo hú dié shuō de huà   shí
分贊成她們的做法。
fēn zàn chéng tā men de zuò fǎ

彩色插圖，富有童趣。
家長指導孩子看圖畫，
幫助孩子明白故事內容。

tài yáng duǒ zài hēi yún de hòu miàn
太陽躲在黑雲的後面，
tīng dào sān zhī xiǎo hú dié de huà
聽到三隻小蝴蝶的話。

33

我會讀

1. 供幼兒認字、朗讀用。
2. 文字簡短，字體特別大。
3. 三歲以下的幼兒專注力較
   弱，故事不能太長，須一
   次性講完，家長可選擇右
   頁較短的文字講故事。

書中重複的句式和文字，
使幼兒容易認字和記憶。

親子共讀的技巧

1. 父母朗讀故事時，一邊讀一邊用手指着每一個字，將字一字一字的指出來讀給孩子聽，使孩子明白文字和故事是有關係和有意義的。

2. 父母指着文字，由孩子嘗試自己朗讀。如果孩子不會讀某一個字或詞，父母就指着圖畫給予提示。

3. 與孩子用問答形式討論書中的故事情節、人物或主題，例如：大豬用什麼蓋房子？百合花為什麼讓白蝴蝶進來避雨？

4. 要很有耐心，對孩子要多作鼓勵及多給予讚語。

5. 如果為孩子多次重複講述或朗讀同一本故事書，孩子會較快學會自己講述或朗讀故事。

故事的延伸活動

1. 孩子自己講故事。

2. 父母與子女一起朗讀故事，輪流朗讀或講故事。例如：爸媽講述或朗讀左頁，孩子講述或朗讀右頁。

3. 父母和子女分別扮演故事中不同的角色。

4. 改編成小劇本，一家人齊齊參與。

使用二維碼 (QR Code) 聆聽錄音的方法

1. 在智能手機或平板電腦等設備下載可掃描二維碼的應用程式。

2. 在連接網路的狀態下開啟此應用程式。

3. 對準下面的二維碼掃描，便可直接收聽故事錄音。

   （注意：如使用流動網路掃描二維碼收聽錄音，會增加流動
   數據的流量，可能產生額外收費。）

6352_001   6352_002   6352_003   6352_004

粵語版   粵語版   普通話版   普通話版
我會讀   親子共讀   我會讀   親子共讀

4. 你也可在新雅網頁下載錄音，下載網址為：

   http://e.sunya.com.hk/download

cóng qián　　　　yǒu yì zhī bái hú dié　　　yì zhī
從前，有一隻白蝴蝶、一隻

hóng hú dié hé yì zhī huáng hú dié　　　　tā men
紅蝴蝶和一隻黃蝴蝶，她們

zài huā yuán li wán shuǎ　　shí fēn kuài lè
在花園裏玩耍，十分快樂。

8

 我會讀

bái hú dié　　　hóng hú dié hé huáng hú
白蝴蝶、紅蝴蝶和黃蝴

dié zài huā yuán li wán shuǎ
蝶在花園裏玩耍。

親子共讀

yǒu yì tiān tā men zhèng zài wán shuǎ shí
有一天，她們正在玩耍時，

tiān shàng hū rán xià qǐ yǔ lai ér qiě yuè
天上忽然下起雨來，而且越

xià yuè dà bǎ tā men de yī fu dōu lín
下越大，把她們的衣服都淋

shī le
濕了。

<ruby>有<rt>yǒu</rt></ruby><ruby>一<rt>yì</rt></ruby><ruby>天<rt>tiān</rt></ruby>，<ruby>下<rt>xià</rt></ruby><ruby>大<rt>dà</rt></ruby><ruby>雨<rt>yǔ</rt></ruby>，<ruby>三<rt>sān</rt></ruby><ruby>隻<rt>zhī</rt></ruby><ruby>小<rt>xiǎo</rt></ruby><ruby>蝴<rt>hú</rt></ruby><ruby>蝶<rt>dié</rt></ruby><ruby>的<rt>de</rt></ruby><ruby>衣<rt>yī</rt></ruby><ruby>服<rt>fu</rt></ruby><ruby>都<rt>dōu</rt></ruby><ruby>給<rt>gěi</rt></ruby><ruby>淋<rt>lín</rt></ruby><ruby>濕<rt>shī</rt></ruby><ruby>了<rt>le</rt></ruby>。

<ruby>三<rt>sān</rt></ruby><ruby>隻<rt>zhī</rt></ruby><ruby>小<rt>xiǎo</rt></ruby><ruby>蝴<rt>hú</rt></ruby><ruby>蝶<rt>dié</rt></ruby><ruby>說<rt>shuō</rt></ruby>：「<ruby>不<rt>bù</rt></ruby><ruby>好<rt>hǎo</rt></ruby><ruby>了<rt>le</rt></ruby>，<ruby>雨<rt>yǔ</rt></ruby><ruby>越<rt>yuè</rt></ruby><ruby>下<rt>xià</rt></ruby><ruby>越<rt>yuè</rt></ruby><ruby>大<rt>dà</rt></ruby>，<ruby>我<rt>wǒ</rt></ruby><ruby>們<rt>men</rt></ruby><ruby>趕<rt>gǎn</rt></ruby><ruby>快<rt>kuài</rt></ruby><ruby>找<rt>zhǎo</rt></ruby><ruby>個<rt>ge</rt></ruby><ruby>避<rt>bì</rt></ruby><ruby>雨<rt>yǔ</rt></ruby><ruby>的<rt>de</rt></ruby><ruby>地<rt>dì</rt></ruby><ruby>方<rt>fang</rt></ruby><ruby>吧<rt>ba</rt></ruby>！」

<ruby>三<rt>sān</rt></ruby> <ruby>隻<rt>zhī</rt></ruby> <ruby>小<rt>xiǎo</rt></ruby> <ruby>蝴<rt>hú</rt></ruby> <ruby>蝶<rt>dié</rt></ruby> <ruby>說<rt>shuō</rt></ruby>：「 <ruby>快<rt>kuài</rt></ruby> <ruby>快<rt>kuài</rt></ruby>

<ruby>找<rt>zhǎo</rt></ruby> <ruby>個<rt>ge</rt></ruby> <ruby>地<rt>dì</rt></ruby> <ruby>方<rt>fang</rt></ruby> <ruby>避<rt>bì</rt></ruby> <ruby>雨<rt>yǔ</rt></ruby> <ruby>吧<rt>ba</rt></ruby>！」

tā men fēi dào bǎi hé huā miàn qián shuō
她們飛到百合花面前，說：

hǎo xīn cháng de bǎi hé huā qǐng nǐ bǎ
「好心腸的百合花，請你把

huār dǎ kāi yì diǎn diǎn ràng wǒ men jìn
花兒打開一點點，讓我們進

lai bì yǔ ba
來避雨吧！」

sān zhī xiǎo hú dié duì bǎi hé huā
三 隻 小 蝴 蝶 對 百 合 花
shuō　　　 qǐng nǐ ràng wǒ men jìn lai
說 ：「請 你 讓 我 們 進 來
bì yǔ ba
避 雨 吧！」

百合花說：「我十分歡迎白蝴蝶，因為她和我一樣是白色的，但是我不能讓紅蝴蝶和黃蝴蝶進來。」

我會讀

<ruby>百<rt>bǎi</rt></ruby><ruby>合<rt>hé</rt></ruby><ruby>花<rt>huā</rt></ruby><ruby>說<rt>shuō</rt></ruby>：「<ruby>我<rt>wǒ</rt></ruby><ruby>只<rt>zhǐ</rt></ruby><ruby>歡<rt>huān</rt></ruby><ruby>迎<rt>yíng</rt></ruby>

<ruby>白<rt>bái</rt></ruby><ruby>蝴<rt>hú</rt></ruby><ruby>蝶<rt>dié</rt></ruby>，<ruby>因<rt>yīn</rt></ruby><ruby>為<rt>wèi</rt></ruby><ruby>她<rt>tā</rt></ruby><ruby>和<rt>hé</rt></ruby><ruby>我<rt>wǒ</rt></ruby><ruby>都<rt>dōu</rt></ruby>

<ruby>是<rt>shì</rt></ruby><ruby>白<rt>bái</rt></ruby><ruby>色<rt>sè</rt></ruby><ruby>的<rt>de</rt></ruby>。」

白蝴蝶回答說：「如果你不歡迎我的朋友，我寧願和她們一起淋雨，也不會進來的。」

<ruby>白<rt>bái</rt></ruby> <ruby>蝴<rt>hú</rt></ruby> <ruby>蝶<rt>dié</rt></ruby> <ruby>說<rt>shuō</rt></ruby>：「 <ruby>你<rt>nǐ</rt></ruby> <ruby>不<rt>bù</rt></ruby> <ruby>歡<rt>huān</rt></ruby> <ruby>迎<rt>yíng</rt></ruby>

<ruby>我<rt>wǒ</rt></ruby> <ruby>的<rt>de</rt></ruby> <ruby>朋<rt>péng</rt></ruby> <ruby>友<rt>you</rt></ruby>， <ruby>我<rt>wǒ</rt></ruby> <ruby>不<rt>bú</rt></ruby> <ruby>要<rt>yào</rt></ruby> <ruby>進<rt>jìn</rt></ruby>

<ruby>來<rt>lai</rt></ruby> 。」

雨越下越大，三隻小蝴蝶飛到鬱金香面前，說：「親愛的鬱金香，請你把花兒打開一點點，讓我們進來避雨吧！」

 我會讀

sān zhī xiǎo hú dié duì yù jīn xiāng
三　隻　小　蝴　蝶　對　鬱　金　香
shuō qǐng nǐ ràng wǒ men jìn lai
說　：「請　你　讓　我　們　進　來
bì yǔ ba
避　雨　吧　！」

21

鬱金香說：「我十分歡迎黃蝴蝶，因為她和我一樣是黃色的，但是我不能讓白蝴蝶和紅蝴蝶進來。」

我會讀

<ruby>鬱<rt>yù</rt></ruby><ruby>金<rt>jīn</rt></ruby><ruby>香<rt>xiāng</rt></ruby><ruby>說<rt>shuō</rt></ruby>：「<ruby>我<rt>wǒ</rt></ruby><ruby>只<rt>zhǐ</rt></ruby><ruby>歡<rt>huān</rt></ruby><ruby>迎<rt>yíng</rt></ruby><ruby>黃<rt>huáng</rt></ruby><ruby>蝴<rt>hú</rt></ruby><ruby>蝶<rt>dié</rt></ruby>，<ruby>因<rt>yīn</rt></ruby><ruby>為<rt>wèi</rt></ruby><ruby>她<rt>tā</rt></ruby><ruby>和<rt>hé</rt></ruby><ruby>我<rt>wǒ</rt></ruby><ruby>都<rt>dōu</rt></ruby><ruby>是<rt>shì</rt></ruby><ruby>黃<rt>huáng</rt></ruby><ruby>色<rt>sè</rt></ruby><ruby>的<rt>de</rt></ruby>。」

huáng hú dié huí dá shuō　　　　　rú guǒ nǐ bù
黃蝴蝶回答說：「如果你不
huān yíng wǒ de péng you　　wǒ nìng yuàn hé tā
歡迎我的朋友，我寧願和她
men yì qǐ lín yǔ　　　yě bú huì jìn lai
們一起淋雨，也不會進來
de
的。」

24

huáng hú dié shuō　　　　　nǐ bù huān yíng
黃　蝴　蝶　說：「你　不　歡　迎

wǒ de péng you　　　wǒ bú yào jìn
我　的　朋　友，我　不　要　進

lai
來。」

25

yǔ xià de gèng dà le，sān zhī xiǎo hú dié
雨下得更大了，三隻小蝴蝶

fēi dào méi guī huā miàn qián，shuō：「měi
飛到玫瑰花面前，説：「美

lì de méi guī huā，qǐng nǐ bǎ huār dǎ
麗的玫瑰花，請你把花兒打

kāi yì diǎn diǎn，ràng wǒ men jìn lai bì yǔ
開一點點，讓我們進來避雨

ba
吧！」

我會讀

sān zhī xiǎo hú dié duì méi guī huā
三 隻 小 蝴 蝶 對 玫 瑰 花

shuō　　　qǐng nǐ ràng wǒ men jìn lai
說 ：「 請 你 讓 我 們 進 來

bì yǔ ba
避 雨 吧 ！」

méi guī huā shuō　　　　　wǒ shí fēn huān yíng hóng
玫瑰花説：「我十分歡迎紅

hú dié 　　yīn wèi tā hé wǒ yí yàng shì hóng
蝴蝶，因為她和我一樣是紅

sè de 　　dàn shì wǒ bù néng ràng bái hú dié
色的，但是我不能讓白蝴蝶

hé huáng hú dié jìn lai
和黃蝴蝶進來。」

我會讀

méi guī huā shuō
玫瑰花說：「我只歡迎
wǒ zhǐ huān yíng

hóng hú dié yīn wèi tā hé wǒ dōu
紅蝴蝶，因為她和我都

shì hóng sè de
是紅色的。」

親子共讀

<ruby>紅<rt>hóng</rt></ruby><ruby>蝴<rt>hú</rt></ruby><ruby>蝶<rt>dié</rt></ruby><ruby>回<rt>huí</rt></ruby><ruby>答<rt>dá</rt></ruby><ruby>說<rt>shuō</rt></ruby>：「<ruby>如<rt>rú</rt></ruby><ruby>果<rt>guǒ</rt></ruby><ruby>你<rt>nǐ</rt></ruby><ruby>不<rt>bù</rt></ruby><ruby>歡<rt>huān</rt></ruby><ruby>迎<rt>yíng</rt></ruby><ruby>我<rt>wǒ</rt></ruby><ruby>的<rt>de</rt></ruby><ruby>朋<rt>péng</rt></ruby><ruby>友<rt>you</rt></ruby>，<ruby>我<rt>wǒ</rt></ruby><ruby>寧<rt>nìng</rt></ruby><ruby>願<rt>yuàn</rt></ruby><ruby>和<rt>hé</rt></ruby><ruby>她<rt>tā</rt></ruby><ruby>們<rt>men</rt></ruby><ruby>一<rt>yì</rt></ruby><ruby>起<rt>qǐ</rt></ruby><ruby>淋<rt>lín</rt></ruby><ruby>雨<rt>yǔ</rt></ruby>，<ruby>也<rt>yě</rt></ruby><ruby>不<rt>bú</rt></ruby><ruby>會<rt>huì</rt></ruby><ruby>進<rt>jìn</rt></ruby><ruby>來<rt>lai</rt></ruby><ruby>的<rt>de</rt></ruby>。」

<ruby>紅<rt>hóng</rt></ruby> <ruby>蝴<rt>hú</rt></ruby> <ruby>蝶<rt>dié</rt></ruby> <ruby>說<rt>shuō</rt></ruby>：「<ruby>你<rt>nǐ</rt></ruby> <ruby>不<rt>bù</rt></ruby> <ruby>歡<rt>huān</rt></ruby> <ruby>迎<rt>yíng</rt></ruby>
<ruby>我<rt>wǒ</rt></ruby> <ruby>的<rt>de</rt></ruby> <ruby>朋<rt>péng</rt></ruby> <ruby>友<rt>you</rt></ruby>，<ruby>我<rt>wǒ</rt></ruby> <ruby>不<rt>bú</rt></ruby> <ruby>要<rt>yào</rt></ruby> <ruby>進<rt>jìn</rt></ruby>
<ruby>來<rt>lai</rt></ruby>。」

31

這時，躲在黑雲後面的太陽聽到三隻小蝴蝶說的話，十分贊成她們的做法。

 我會讀

tài yáng duǒ zài hēi yún de hòu miàn
太陽躲在黑雲的後面，
tīng dào sān zhī xiǎo hú dié de huà
聽到三隻小蝴蝶的話。

tài yáng bǎ hēi yún hé yǔ shuǐ gǎn zǒu xiào
太陽把黑雲和雨水趕走，笑

mī mī de zhào zhe huā yuán shài gān le sān
眯眯地照着花園，曬乾了三

zhī xiǎo hú dié de chì bǎng
隻小蝴蝶的翅膀。

我會讀

tài yáng bǎ hēi yún hé yǔ shuǐ gǎn
太陽把黑雲和雨水趕

zǒu shài gān le sān zhī xiǎo hú dié
走，曬乾了三隻小蝴蝶

de chì bǎng
的翅膀。

sān zhī xiǎo hú dié hěn gāo xìng tā men yòu
三隻小蝴蝶很高興，她們又
yì qǐ zài huā yuán li tiào wǔ hé wán shuǎ
一起在花園裏跳舞和玩耍
le
了。

36

我會讀

sān zhī xiǎo hú dié yòu yì qǐ zài huā
三隻小蝴蝶又一起在花
yuán li wán shuǎ le
園裏玩耍了。

字詞學堂

1. 小朋友，聽完故事，我們一起來複習一下故事中出現的詞語吧！

花園　　玩耍　　地方　　歡迎

太陽　　黑雲　　雨水　　翅膀

2. 爸媽可以用上面的詞語，參考下面的例子，和孩子玩詞語學習遊戲，幫助孩子擴充詞彙。

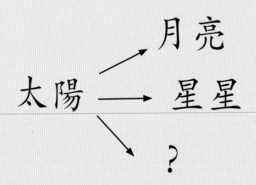

請把下面的圖畫填上顏色。

小朋友，你能把三隻小蝴蝶的影子辨認出來嗎？
請用線把小蝴蝶和屬於她的影子連起來。

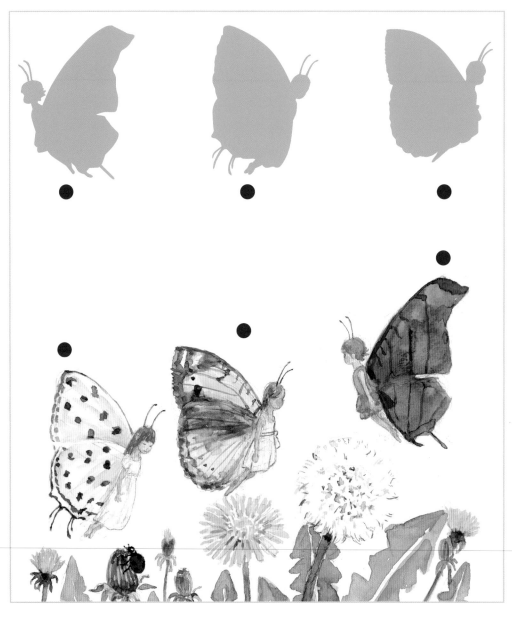

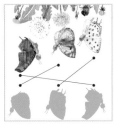

答案：

你知道三隻小蝴蝶到哪一朵花採花蜜嗎？

沿着線條走，你便能找到答案了！

作者簡介

　　嚴吳嬋霞（嚴愛蓮），香港兒童文學作家，曾任職新雅文化事業有限公司及山邊出版社有限公司董事總經理兼總編輯（1995-2004 年）。在香港土生土長，羅富國教育學院畢業後，當了五年中學語文教師。上世紀 70 年代遊學英美，修讀兒童文學與圖書館學，1981 年與何紫等共同創立了香港兒童文藝協會，並擔任第三及第四屆會長（1985-1989 年）。她把國際視野帶進香港兒童文學，在《讀者良友》撰寫外國兒童文學的推介文章；並透過兒童文藝協會的活動，推動講故事藝術及親子閱讀。曾被香港貿易發展局邀請擔任香港書展「兒童天地」籌委會主席，致力推動香港兒童出版事業及青少年兒童閱讀，成績斐然。

　　嚴吳嬋霞多年不斷為香港的小讀者創作及翻譯兒童文學作品，多次獲得中港重要的文學獎項，《姓鄧的樹》1987 年獲得兒童文學巨匠陳伯吹先生創設的「兒童文學園丁獎」之「優秀作品」獎，這是第一次由香港人獲得此獎項。之後多次獲「冰心兒童圖書獎」。